L'ADROIT VALET,

PROLOGUE EN VAUDEVILLES,

DE

MARTIAL ET ANGÉLIQUE,

Par N. BRAZIER.

Représenté pour la première fois, à Paris, sur le Théâtre de la Salle des Jeux Gymniques, le 14 Mars 1811.

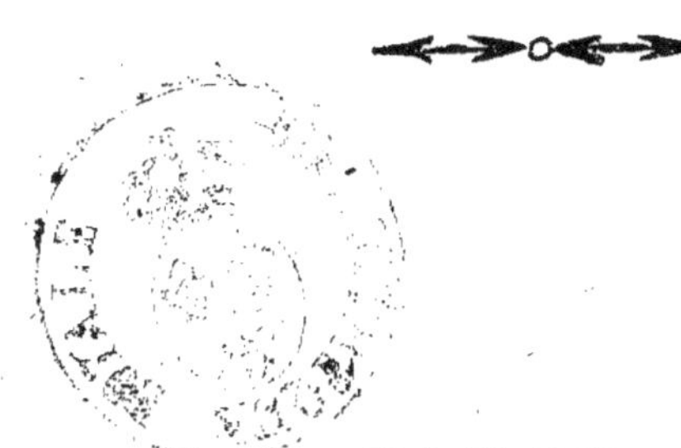

PARIS,

Chez Barba ; Libraire, Palais-Royal ; derrière le Théâtre Français, N°. 51.

1811.

PERSONNAGES.

LÉON, Sous-Lieutenant.   LEFÈVRE.

FRONTIN, Valet du Colonel
    St.-Amar.   FOIGNET.

La scène se passe chez le Colonel St.-Amar.

L'ADROIT VALET,

PROLOGUE.

SCENE PREMIERE.

FRONTIN, *seul.*

Allons, Frontin, mon ami, du courage, c'est le moment ou jamais, de montrer que tu es digne de ton nom ! Lafleur, Jasmin, Larose, Lépine.... vous n'êtes rien auprès de moi... non, vous n'êtes rien.... et j'espère laisser derrière moi tous les valets passés, présens et futurs.

Air : *Enfant chéri des dames.*

Quoiqu'il puisse entreprendre,
Le valet le plus fin
Sera forcé de rendre
Les armes à Frontin.

J'ai supoprté bien des épreuves,
Avant d'être ce que je suis ;
Comme intrigant j'ai déjà fait mes preuves,
Aussi j'ai doublé mes profits ;
J'ai servi des hommes d'affaires
J'ai servi de vieux usuriers ;
Des Gascons, des millionnairs,
Des banquiers,
Des banqueroutiers.
Graces à mon audace
J'ai fait valoir ma place,
Et je le dis:
Je crois que dans Paris,

Quoiqu'il puisse entreprendre,
Le valet le plus fin ;
Sera forcé de rendre
Les armes à Frontin.

J'ai puni des coquettes,
J'ai servi des amans

J'ai séduit des fillettes   (*bis*)
J'ai trompé des mamans.

Partout , en habile homme,
Ayant eu des succès
Je veux qu'on me surnomme
La terreur des valets , (*bis.*)
Oui, oui , oui, je serai la terreur des valets.

Quoiqu'il puisse entreprendre ,
Le valet le plus fin
Sera forcé de rendre
Les armes à Frontin,

Mon maître a mis sa destinée dans mes mains , et je prétends lui prouver qu'il n'a pas mal placé sa confiance; le Colonel est le plus franc libertin que je connaisse : je suis le plus coquin et le plus fourbe de tous les serviteurs ; .... ainsi tout doit aller au mieux..... Quelle belle journée se prépare pour moi , de la gloire à acquérir et de l'argent à gagner; je vous demande un peu quel est l'homme qui pourrait résister à cela.... Réfléchissons pourtant.

Air : *Consolez-vous avec les autres.*

C'est bon de gagner de l'argent,
C'est beau d'acquérir de la gloire ,
On ne peut vivre sans argent
Et l'on peut exister sans gloire.
Gagnons d'abord beaucoup d'argent,
Sans nous occuper de la gloire ;
Puisqu'on dit qu'avec de l'argent
On peut acheter de la gloire.

SCÈNE II.

FRONTIN, LÉON.

LÉON.
C'est ici que loge le colonel Saint-Amar.
FRONTIN.
Oui, monsieur, et je suis son valet pour vous servir.
LÉON.
Est-il ici ?

FRONTIN.
Pas pour le moment ; mais il ne peut tarder à rentrer. . .
Que lui voulez-vous ?
LÉON.
C'est une dépêche que je lui apporte.

FRONTIN.

Est-ce que le Colonel n'a pas paru au camp.

LÉON.

Pas encore d'aujourd'hui.

FRONTIN.

Que voulez-vous, l'amour lui tourne la tête.

LÉON.

C'est ce qu'on dit au quartier général.

FRONTIN.

Il est amoureux, fou d'une pauvre fille nommée Angélique ; elle n'est pas du tout son fait.

Air : *L'amour ainsi qu'la nature.*

Si je lui dis qu'Angélique,
Est une fille rustique,
Et qu'il doit pour son honneur,
Ne pas écouter son cœur ;
Soudain il s'emporte, il jure,
Et me répond à cela :
L'amour ainsi qu'la nature
N'connait pas ces distanc's là.

LÉON.

Angélique est-elle sage ?

FRONTIN.

Hélas ! oui ! et amoureuse, par dessus le marché, d'un
nommé Martial, fils d'un pauvre laboureur de ces environs.

LÉON.

Elle est sage, dites-vous, elle aime un pauvre laboureur,
et votre maître aurait le projet de troubler un couple aussi
intéressant.

FRONTIN.

C'est comme cela qu'il nous les faut... nous aimons à
troubler les amours champêtres... et je vous avoue que la
charmante Angélique court de grands risques dans ce moment... C'est si joli, une jeune paysanne qui ne se doute
encore de rien.

LÉON.

Il paraît que vous conseillez bien le Colonel.

Air : *De la parole.*

Au lieu de tâcher quelquefois
De le remettre dans la route,
Avec regret je m'apperçois
Que vous l'égurerez sans doute.

FRONTIN.

Pour faire le bien tous les jours,
Je ne suis qu'un tres-petit être ;
Mais, pour les intrigues d'amours,
Mais pour jouer de certains tours ,
Je suis un valet (*bis*) passé maître.

Allez, demandez au Colonel comment je me comporte ;
c'est moi qui suis son ambassadeur auprès de la belle et in-
nocente Angélique , et j'espère que bientôt il n'aura plus
rien à désirer.

Air : *Le premier pas.*

Par un coup d'œil
J'instruisis la pauvrette ,
De la sagesse un coup d'œil est l'écueil ;
Et je soutiens que plus d'une fillette
Ne ferait pas tant de coup de sa tête
Sans un coup d'œil.

LÉON.

D'accord , mais aussi.

Même air.

Par un coup d'œil
On peut juger un traître ,
Et dérouter la sottise et l'orgueil ;
Plus d'une femme en croyant s'y connaître,
S'épargnerait bien des larmes peut-être
Par un coup d'œil.

FRONTIN.

Oh ! celle-la s'y laissera prendre.

LÉON.

Ainsi vous avez le projet de tromper Angélique.

FRONTIN.

Tout comme une autre.

LÉON.

Air : *de Catinat à Saint-Gratien.*

Lorsque , dans la sécurité ,
Ces deux amans vivent ensemble
Quoi , vous auriez la cruauté
De rompre un nœud qui les rassemble.
Ah ! rougissez d'un tel projet,
Laissez en paix ce couple aimable...
Le plaisir qui coute un regret
N'est pas un plaisir véritable.

FRONTIN.

Bah ! bah ! vieux préjugés que tout cela . . . on en est

revenu depuis long-temps . . . La vie est assez monotone, et si l'on ne trouvait quelque moyen de la rendre supportable, ce ne serait pas la peine de venir au monde. . Tenez.. voulez-vous que je vous ouvre mon cœur . . écoutez-moi.

Air : *du Fleuve de la vie.*

Etre scrupuleux en affaire ,
Respecter de jeunes appas ,
C'est ainsi qu'on trouve sur terre
Des épines à chaque pas.
Mais caresser fille jolie ,
Et tromper pour mieux s'enrichir ;
C'est ainsi que l'on peut cueillir
Les roses de la vie.

LÉON.

Quelles roses.

FRONTIN.

Imitant quelques bons Apôtres
Qui veulent se faire citer...
Entrer dans la peine des autres
C'est le moyen de s'attrister ;
Mais au fond d'une tabagie ,
Boire et chanter à plein gosier ,
Voilà le moyen d'égayer
Le trajet de la vie.

LÉON.

Il me semble que voilà une morale qui n'est pas très-édifiante . . .

FRONTIN.

C'est celle qu'il faut suivre pour être heureux . . Avouez que si l'on voulait s'occuper de tout le genre humain, çà n'en finirait pas.

LÉON.

Quand on le ferait, cela n'en serait pas plus mal.

FRONTIN.

Revenons à notre belle Angélique ; elle aime, comme je viens de le dire, un nommé Martial, gros paysan bien lourd . . . bien rustique . . . et vous pensez qu'il nous sera facile de l'éloigner . . . J'ai déjà gagné la mère: mais Angélique tient bon, c'est le diable pour faire entendre raison à ces filles de campagne . . elles sont scrupuleuses . . elles ne quitteraient pas leurs troupeaux , leurs agneaux, pour un empire, et mon maître est trop bon. . . .

Air : *Cinquième édition.*

Depuis un mois , bon gré , mal gré
Il soupire sans espérance ;
A sa place , je l'avouerai
Je n'aurais pas sa patience.
Et je conviens de bonne foi ,
Que si quelque fille champêtre ,
Préférait ses moutons à moi,
Aussitôt je l'enverrais paître.

LÉON.

Mais, vous dites que la mère consent à donner sa fille
au Colonel. . .

FRONTIN.

Oui . . . elle y consent.

LÉON.

Ah! ça mais . . . comment . . . je ne vous comprends pas.

Air : *Il faut de la santé pour deux.*

Se pourrait-il bien que sa mère
Eût consenti..

FRONTIN.

Mais non vraiment;
Vous n'entendez donc pas l'affaire ,
Je vais parler plus clairement.
Mon maître agit en homme sage
Et pour faire accepter ses vœux...

LÉON.

(*Il parle.*) Ah! je devine !
(*Il chante.*) Il a promis le mariage.

FRONTIN.

(*Il parle.*) Tout juste.
(*Il chante.*) Mais promettre et tenir sont deux.

LÉON.

Je ne puis croire que ce soit de son propre aveu que le
Colonel. . . Ah! rusé coquin, tu souffle le feu . . . tu
es un adroit fripon.

FRONTIN.

Monsieur me flatte beaucoup ! certainement...

LÉON.

Non , non . . . je dis la vérité . . . j'ai lu dans tes yeux ce
que tu es...

FRONTIN.

Les yeux sont le miroir de l'ame...

LÉON.

Aussi n'ai-je pas une très-haute opinion de la tienne . . .
et je jugerais presque que c'est toi qui excites le Colonel...

FRONTIN.

Ah ! monsieur, je l'aide... c'est vrai.... mais ;.. l'exciter....

LÉON.

Si je le croyais !... je ne sais pas de quoi je serais capable. . . .

FRONTIN, *bas.*

Heureusement que le Colonel est pour moi...

LÉON.

Tâche de faire revenir ton maître à des sentimens plus nobles... dis-lui qu'il modère la fougue de ses passions, qu'il n'en sera que plus heureux. Qu'il ne faut pas s'abandonner au torrent, car il finit tôt ou tard par nous emporter.

Air *de Lantara.*

Le plaisir que l'on dit chimère,
Offre quelque réalité ;
C'est un des trésors qu'à la terre
Accorda la divinité.   (*bis.*)
Mais de sa course, hélas ! trop dangereuse,
Il faut savoir se défier ;
Les plaisirs sont une mer orageuse
Que l'on ne doit que cotoyer.

FRONTIN, *bas.*

Quel sermoneur. (*haut*) Je vous remercie de tous vos soins.

Air : *Accompagné de plusieurs autres.*

Je vous l'avouerai franchement,
On doit se rendre assurément,
A des conseils comme les vôtres ;
A mon maître, quand il viendra,
Je donnerai ce conseil-là...
Accompagné de plusieurs autres.

LÉON, *bas.*

Je crois qu'il raille. (*haut.*) Au revoir maître Frontin.

FRONTIN.

Je suis votre serviteur.

LÉON, *d'un ton ferme.*

Dites au Colonel de se tenir prêt.

Air : *du vaudeville de Gilles en deuil,*

N'allez pas faire une bévue,
Et dites lui bien que demain
On doit passer une revue ;
Le général est en chemin.

FRONTIN.

Vénus pour mon maître a des charmes,
Mais la gloire plait à son cœur,
Dans un boudoir s'il rend les armes,
Il les reprend au champ d'honneur

N'allez pas faire une bévue, etc.

FRONTIN.

N'allons pas faire une bévue;
Prévenons-le bien que demain,
Il va passer une revue
Le Général est en chemin.

SCENE III.

FRONTIN, *seul.*

Le voilà parti ! je suis sûr que le Colonel ne manquera pas à son devoir, ainsi rêvons au moyen de remettre la belle Angélique au pouvoir de mon maître. (*il réfléchit.*) Bon, c'estt cela... le père de Martial est un pauvre laboureur; il se voit souvent obligé de braconer pour vivre; saisissons l'occasion... elle se présentera facilement... une fois le père en prison, le fils ne manquera pas de s'engager pour lui rendre la liberté; dès que Martial sera au service... la belle Angélique est à nous. Quelle réputation je vais me faire parmi les laquais du grand ton... j'entends déjà tout le monde s'écrier... en me montrant au doigt.

Air : *N'y a que Paris.*

Pour attraper bien lestement,
Pour supporter les ridicules,
Pour étouffer le sentiment,
Pour être au-dessus des scrupules,
Pour intriguer soir et matin,
   N'y a que Frontin.   (*bis.*)

J'entends encor dire tout bas
A plus d'un valet qui murmure,
Pour vous sortir d'un mauvais pas,
Pour bien mener une aventure,
Si vous voulez un franc coquin,
   N'y a que Frontin.   (*bis.*)

J'entends aussi dire par-tout,
A plus d'un fripon qu'on renomme;
Pour être à tout, pour braver tout,
Pour bien soulever une somme,
Vous vous tourmenteriez en vain,
   N'y a que Frontin.   (*bis.*)

(*On entend un bruit de trompette.*)

SCENE IV.

LEON, FRONTIN.

LÉON.

Je viens d'apprendre par un officier de l'état-major, que le Général se propose de venir visiter le Colonel avant de se rendre au camp, ainsi prévenez votre maître de cette visite.

FRONTIN.

Diable! le Général! ah! mon maître sera honoré de cette faveur... et je vais faire préparer tout pour qu'il soit bien reçu.

LEON.

Sur-tout ne manquez pas de lui remettre la dépêche.

Air : Vous ne pouvez pas être sourd.

Ayez soin de dire soudain
A mon Colonel que j'honore
Que de la trompette demain
Il entendra le bruit sonore.

FRONTIN.

A son devoir, malgré l'amour,
Mon maître fut toujours fidèle,
Un Dragon peut-il être sourd (*bis.*)
Lorsque la trompette l'appelle.

LÉON.

C'est impossible.

FRONTIN.

Et mon maître sur-tout, c'est un ange en amour, c'est un diable à la guerre.

LÉON.

Dis-moi Frontin, j'espère qu'il montera son beau cheval gris.

FRONTIN.

L'incomparable Zéphir? ah! certainement, et je vais ordonner qu'il soit de service...

LÉON.

C'est vrai, il est d'une attachement, d'une intelligence ; sais-tu bien que dans plusieurs batailles il a sauvé la vie au Colonel... et quoiqu'on dise et qu'on fasse, il sera toujours le seul dans son genre.

FRONTIN.

Il est étonnant!..

Air : J'apprends qu'un jeune prisonnier.

Sur la rivière on vit jadis ,
Un chien mourir près de son maître ,
Depuis ce tems-là , dans Paris
Certain cheval se fit connaître.
Ainsi , malgré tous les grands mots ,
Monsieur, dans le siècle où nous sommes ,
On verra donc les animaux
Plus reconnaissans que les hommes.

LÉON.

Je tiens beaucoup à ce que ton maître monte son cheval Zéphir , attendu qu'il y a depuis peu un Colonel d'un autre régiment qui se flatte d'en avoir un semblable.

FRONTIN.

C'est ce que nous verrons ; en attendant je vais tout préparer pour la revue.

Au public.

Air : Du voudeville de la Physionomanie.

Tandis que mon maître , demain ,
Au son d'une noble harmonie ,
Fera passer sur le terrein
La revue à sa compagnie ,
Vous , mesdames , venez toujours ,
En ces lieux , charmer notre vue ,
Et que nous puissions tous les jours
Passer vos attraits en revue.

FIN.

De l'Imprimerie de HOCQUET et Comp., rue du Faubourg Montmartre, n°. 4, au coin du boulevard.

MARTIAL ET ANGÉLIQUE,

OU

LE CHEVAL ACCUSATEUR,

Tableaux anecdotiques en trois Actions;

Par J. G. A. CUVELIER;

Musique arrangée par M. D'HAUSSY.

Représentés pour la première fois, à Paris, sur le Théâtre de la Salle des Jeux Gymniques, le 14 Mars 1811.

PARIS,

Chez BARBA, Libraire, Palais-Royal; derrière le Théâtre Français, N°. 51.

1811.

PERSONNAGES.   ACTEURS.

St.-AMAR, commandeur de Malthe et colonel d'un régiment étranger de cavalerie au service de France.	M. *Franconi aîné.*
MARTIAL, jeune paysan, amant d'Angélique.	M. *Franconi cadet.*
ANGELIQUE, jeune paysanne.	Mad. *Franconi cad.*
GERTRUDE, mère d'Angélique.	Mlle. *Tigée.*
MERRAULT, pauvre laboureur, père de Martial.	M. *Gougibus.*
HUGOT, vieillard octogénaire, père de Merrault.	M. *Devremont.*
Le Général, commandant en chef et Maréchal des camps.	M. *Livaros.*
Deux Inconnus de la classe du peuple.	{ M. *Lespérance.* { M. *Lagoutte.*
Un Bailli	M. *Achnn.*
Un Enfant figurant un amour.	La pet. *Gougibus.*
ROCH, vieux maréchal-des-logis de dragons.	M. *Bassin.*
SANS-SOUCI, brigadier de dragons.	M. *Dominique.*
Un Capitaine-rapporteur.	M. *Perrin.*

Laquais du Colonel.

Officiers d'état-major.

Paysans et Valets de ferme.

Petits Pâtres.

Domestiques et Gardes-chasse de St.-Amar.

Paysannes.

Femmes attachées au Colonel et déguisées en nymphes.

La scène se passe en France vers le milieu du règne de Louis XV.